Three Colors Only

配色辞典

日本 ingectar-e 著

朱悦玮 译

3 种颜色就好看

NM 北方联合出版传媒（集团）股份有限公司

辽宁科学技术出版社

PRODUCTS
NATURAL

Autumn/Winter
Collection

NEW
RELEASE

FLORIDA
Summer
TWILIGHT

お花と陶器で
ナチュラルな暮らし。

11.23 sat
Grand Open

かわいい
KAWAII OBAKE
おばけ達

鎌倉ミュージアム

9.20FRI・29SUN
11:00 - 18:00

ネマと月夜

9.16 mon

17:00 - 23:00

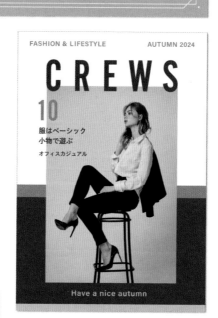

FASHION & LIFESTYLE   AUTUMN 2024

CREWS

10

服はベーシック
小物で遊ぶ
オフィスカジュアル

Have a nice autumn

S
O S
K O
K Y O

VIEW

WEB
STORE

PY WEDDING
er Bouquet
OLOR YOUR LIFE

月華百貨店

おせち

ご予約承

前言

各种各样象征着"当下"的流行不断诞生，
逐步变成主流。

看着就能感到治愈的"松弛"风格，
开朗积极有幸福感的"活力"风格，
莫名怀旧，却又很新鲜的"复古"风格，
本书介绍了上一部没有的常规新配色。

只需 3 种颜色，就能表现各种主题。
无论什么主题都只用 3 种颜色，
任何人都能配出充满品位的颜色。

阅读本书，
读者能够感受到 3 色的世界还很辽阔。

本书收集了当下流行的各种配色。

ⓔ ingectar-e

CONTENTS

目录

016　**松弛**

静心疗愈色系

048 # 活力

打造乐观积极的印象

072 奢华
打造美丽优雅的氛围

094 甜美
动人的甜美色系

124 复古
充满怀旧感的色彩

144 季节

感受四季的气息

168 自然

通往未来的自然色系

炫酷

186

知性帅气

智能手机、平板设备、电脑都可以浏览！

Special 特辑

"配色一览表（PDF）"作为礼物送给广大读者！
通过右边的二维码下载吧。

本书中所介绍的3色配色和数值都做成了一览表的形式，对设计工作很有帮助。

【下载网址】https://book.impress.co.jp/books/1122101023

本书的使用方法

为了丰富您对配色应用的创意，
每一主题对应2页内容，展示了配色与设计案例、
配色比例、应用模板等内容。

类别　　　　小类别　　　　主题

色块

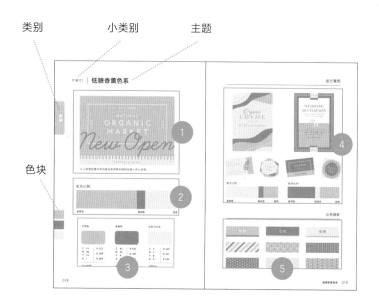

1 主案例

展示了使用该3色搭配时，配色比例最好的设计案例。此外，还标注了该3色搭配对应主题的解说。

2 配色比例

分成基调色、强调色、副色，介绍配色效果较佳的大致涂色面积比。

3 颜色的名称、数值

本书对颜色进行了原创命名。此外，还标注了各种颜色的CMYK、RGB以及色号的数值。

4 其他案例

展示了调整配色比例后，除了主案例之外的其他设计案例。

5 应用模板

列举了一些使用3色或其中2色搭配，添加文字、绘制简单图样的应用模板。

※ 本书所展示的案例背景色均为白色。
※ 本书所标注的CMYK、RGB、色号数值均为参考值。
受印刷方式、印刷纸张、素材以及显示屏等因素影响，最终呈现效果会存在差异，敬请谅解。

3色搭配的要点

本书主题所使用配色均为3色。
接下来会向大家介绍使用3种颜色完成设计的要点。

要点 1　了解3色的均衡和作用

将3色分成基调色、强调色、副色，决定色块占比会更易于整理归纳。让我们来了解一下各个颜色的作用吧。

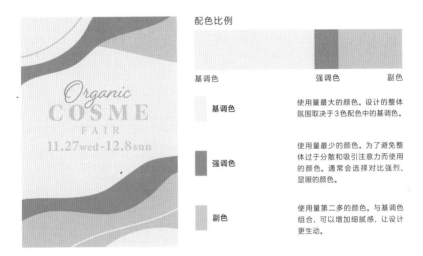

配色比例

基调色　　　　　　　　强调色　　　副色

基调色　　使用量最大的颜色。设计的整体氛围取决于3色配色中的基调色。

强调色　　使用量最少的颜色。为了避免整体过于分散和吸引注意力而使用的颜色。通常会选择对比强烈、显眼的颜色。

副色　　使用量第二多的颜色。与基调色组合，可以增加细腻感，让设计更生动。

要点 2　根据设计风格寻找配色

即使只使用3种颜色，不同的色彩组合也能营造出完全不同的风格。参考目录和色彩索引，根据你想呈现的设计风格来尝试寻找合适的3色配色吧。

要设计成什么风格呢?

松弛　　　　　　　复古

活力　　　　　　　季节

奢华　　　　　　　自然

甜美　　　　　　　炫酷

了解涂色的顺序

涂色时，按照基调色、副色、强调色的顺序会使整体效果更好。

案例 1 设计

选择的配色是这个！

1 基调色

第一步先将整体设计中面积最大的部分涂上基调色。

2 副色

第二步在面积较大部分和主标题处涂上副色。

3 强调色

强调色用于装饰和吸睛等，点涂在想要凸显的位置上。

案例 2 插图

选择的配色是这个！

1 基调色

用于面部或背景等，将插图的主要部分涂为基调色。

2 副色

在想要产生变化的地方使用副色。

3 强调色

轮廓线、眼睛等想要清晰明了表现的地方使用强调色。

色彩的基础知识

了解有关色彩的基础知识后，
配色将会变得更加有趣。

1. 色彩的三大属性

色彩有"色相""明度""饱和度"三大属性。

色相

"色相"指的是红、黄、蓝等色彩的本质属性。将色相按照顺序排列成圆，就称作"色相环"。色相环中处于相对位置的两个颜色称为"互补色"。互补色之间的色相差最大，使用互补色能够得到最强的衬托效果。

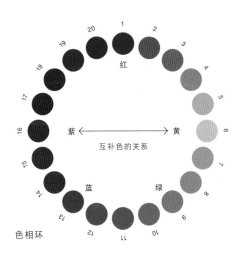

色相环

明度

"明度"指的是色彩的亮度，用"高"或"低"来表述。下图所示的"明度"，从左至右越来越高，从右至左越来越低。

低　　　　　　　　　　　高

饱和度

"饱和度"指的是色彩的鲜艳程度，也使用"高""低"来表述。颜色越暗，饱和度越低。

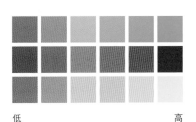

低　　　　　　　　　　　高

013

2.色彩的色调

色调指的是明度与饱和度结合起来的色彩表现。

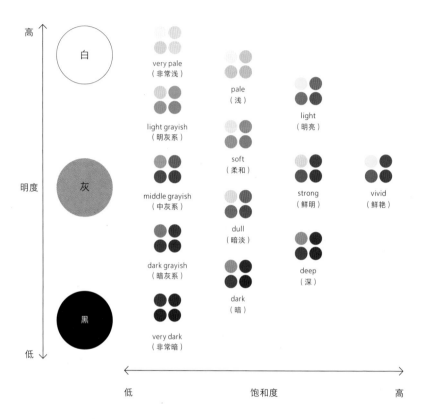

3.RGB与CMYK

接下来为您介绍 "RGB" 与 "CMYK" 这两种色彩构成方法。

RGB 色彩指的是通过红 (RED)、绿 (GREEN)、蓝 (BLUE) 3 种颜色的组合来创造色彩的方式，常用于电脑、数码相机、电视等显示屏上。CMYK 色彩指的是在色料三原色，即青 (CYAN)、洋红 (MAGENTA)、黄 (YELLOW) 的基础上叠加黑 (BLACK)，是常用于油墨印刷的色彩表现方法。

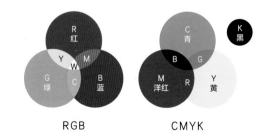

RGB   CMYK

ORGANIC
COSMETICS
SHOP

033-6105-83XX
www.c⊛sme.shop

@ _c⊛sme_shop

Merci Cake
ethical sweets & cake

试着用3色搭配
进行设计吧!

松弛

—

静心疗愈色系

时尚又不刻意的松弛感配色，
还有香草和果实等自然色，
是看着就能疗愈内心的配色。

| # 低糖香薰色系

松弛

让人联想到薰衣草的紫色和成熟的暗粉色使人内心安稳。

配色比例

基调色　　　　　　　　　　　　　强调色　　　　　　副色

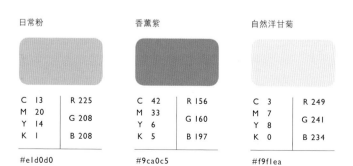

日常粉　　　　　　　香薰紫　　　　　　自然洋甘菊

C	13	R 225
M	20	G 208
Y	14	G 208
K	1	B 208

#e1d0d0

C	42	R 156
M	33	G 160
Y	6	G 160
K	5	B 197

#9ca0c5

C	3	R 249
M	7	G 241
Y	8	G 241
K	0	B 234

#f9f1ea

配色比例

配色比例

基调色　　　　　　　　　　强调色　　副色　　　　　　基调色　　　　　　　　　　强调色　　副色

应用模板

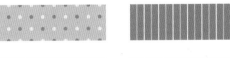

| **被森系草木治愈**

深绿色使人联想到森林的草木，让人心情平稳，与温柔、有包容力的粉色和奶油色组合成疗愈色系。

配色比例

基调色   强调色   副色

叶绿色   花粉色   松弛奶油色

C	62	R	89
M	26	G	135
Y	35		
K	22	B	139

#59878b

C	0	R	234
M	33	G	184
Y	11		
K	8	B	191

#eab8bf

C	5	R	244
M	10	G	233
Y	12		
K	0	B	224

#f4e9e0

配色比例

配色比例

基调色　　　　　　　　　　强调色　　副色

基调色　　　　　　　　　　强调色　　　　副色

应用模板

清爽晨蓝

明快的蓝色展现了早晨清爽的天空，与不过于奢华又柔和的米色搭配，营造出沉稳的气息。

配色比例

基调色   强调色   副色

清新蓝		疗愈米色		蓝白	
C 55	R 116	C 10	R 232	C 5	R 246
M 3	G 195	M 10	G 226	M 0	G 250
Y 25	B 198	Y 16	B 214	Y 5	B 246
K 0		K 2		K 0	
#74c3c6		#e8e2d6		#f6faf6	

配色比例

配色比例

基调色　　　　　　　强调色　　　副色　　　　基调色　　　　　　　强调色　　　副色

应用模板

松弛

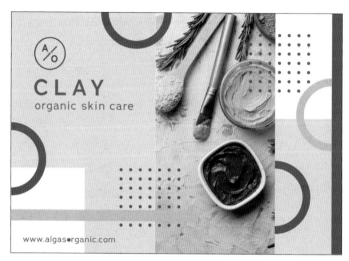

让人联想到大海的蓝色和青色搭配灰色，打造悠闲时刻。

配色比例

基调色　　　　　　　　　　　　　　　　强调色　　　　　　副色

浅云灰

C 8	R 231
M 7	G 229
Y 8	
K 5	B 227

#e7e5e3

自由蓝

C 27	R 183
M 8	G 204
Y 4	
K 10	B 221

#b7ccdd

海蓝

C 74	R 82
M 55	G 109
Y 24	
K 0	B 152

#526d98

配色比例

基调色 强调色 副色

配色比例

基调色 强调色 副色

应用模板

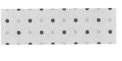

微苦巧克力的咖啡时光

这适合午后的咖啡时光，奶咖色与沉稳的黄色搭配，让人感到放松。

配色比例

基调色   强调色   副色

亚光芥末黄

C	10	R	235
M	20	G	203
Y	80	B	67
K	0		

#ebcb43

拿铁米色

C	4	R	219
M	33	G	171
Y	42	B	134
K	14		

#dbab86

摩卡棕色

C	0	R	122
M	34	G	91
Y	26	B	84
K	65		

#7a5b54

配色比例

基调色　　　　　　　　　　强调色　　　　副色

配色比例

基调色　　　　　　　　　　　　强调色　　　　　　副色

应用模板

| # 温柔低调自然系

以自然为灵感的大地色拥有自然的色调，营造出舒适的氛围。柔和的灰色使整体更加紧凑。

配色比例

基调色　　　　　　　　　　　　　　　　　强调色　　　　副色

亚灰

C	30	R	143
M	27	G	139
Y	25		
K	34	B	138

#8f8b8a

亮灰

C	5	R	229
M	6	G	226
Y	7		
K	10	B	222

#e5e2de

藤绿色

C	29	R	176
M	4	G	202
Y	28		
K	13	B	180

#b0cab4

配色比例

基调色　　　　　　　强调色　　　副色

配色比例

基调色　　　　　　　强调色　　　副色

应用模板

| # 高雅植物色

树枝绿与金色的组合搭配营造出自然高级的氛围。

配色比例

基调色　　　　　　　　　　　　　　　强调色　　　　副色

植物米色	
C 10	R 234
M 9	G 230
Y 16	B 217
K 0	

#eae6d9

灵魂金色	
C 27	R 198
M 28	G 181
Y 50	B 135
K 0	

#c6b587

树枝绿	
C 70	R 88
M 33	G 141
Y 68	B 103
K 0	

#588d67

配色比例

配色比例

基调色　　　　　　　　　　强调色　　　副色

基调色　　　　　　　　　　强调色　　　副色

应用模板

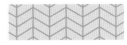

柔和苔绿色

暗色调的自然色搭配一丝胭脂粉，给人留下可爱的印象。

配色比例

基调色　　　　　　　　　　　　　　　强调色　　　　　副色

龟背竹绿

C	53	R	136
M	31	G	157
Y	50		
K	0	B	133

#889d85

胭脂粉

C	0	R	253
M	11	G	235
Y	13		
K	0	B	222

#fdebde

苔藓绿

C	35	R	178
M	13	G	201
Y	29		
K	0	B	186

#b2c9ba

配色比例

基调色　　　　　　　　强调色　　　　　　副色

配色比例

基调色　　　　　　　　　　强调色　　　副色

应用模板

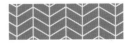

这是以极具异国情调的南国植物为灵感的配色。深邃的绿色与像灼热的太阳一般温度感十足的橙色组合搭配，充满力量。

配色比例

基调色　　　　　　　　　　　　　　　强调色　　　　副色

白鹤芋绿		垂叶榕绿		阳光香橙	
C 100	R 0	C 45	R 154	C 5	R 230
M 31	G 119	M 8	G 195	M 70	G 107
Y 61	B 110	Y 56	B 135	Y 100	B 0
K 10		K 0		K 0	
#00776e		#9ac387		#e66b00	

配色比例

基调色　　　　　　　　强调色　　　副色

配色比例

基调色　　　　　　　　强调色　　　副色

应用模板

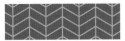

这是以柔软有包裹感的棉花为灵感的配色。用绿色和青色搭配，整体营造出干净沉稳的氛围。

配色比例

基调色　　　　　　　　　　　　　　　　强调色　　　　　　　　副色

棉花米色		清晨蓝		舒适绿	
C 4	R 247	C 45	R 150	C 24	R 204
M 8	G 238	M 18	G 186	M 4	G 225
Y 12	B 226	Y 8	B 215	Y 20	B 212
K 0		K 0		K 0	
#f7eee2		#96bad7		#cce1d4	

松弛

配色比例

配色比例

基调色   强调色   副色   基调色   强调色   副色

应用模板

深邃成熟的薰衣草色

浓淡不同的薰衣草色，加入明亮的绿色作为强调色，看着给人以安宁的感觉，是具有成熟韵味的香薰色系。

配色比例

基调色 　　　　　　　　　　　　　　　　　　　　　　强调色 　　　　　副色

自然紫		香草绿		薰衣草紫	
C 25	R 197	C 34	R 184	C 56	R 110
M 39	G 166	M 0	G 215	M 56	G 97
Y 0	B 205	Y 66	B 115	Y 8	B 146
K 0		K 0		K 23	
#c5a6cd		#b8d773		#6e6192	

配色比例

基调色　　　　　　　　　　　　　强调色　　副色

配色比例

基调色　　　　　　　　　　强调色　　　　　副色

应用模板

| # 成熟可爱的珊瑚色

不过于奢华、风格沉稳的珊瑚粉，与暗淡的灰色、米色适配度非常高，是很时尚又不过分可爱的自然色系。

配色比例

基调色　　　　　　　　　　　　　　　　　　　　强调色　　　　副色

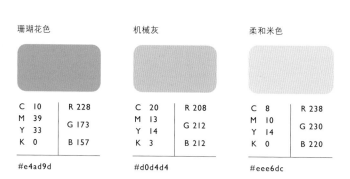

珊瑚花色

C	10	R	228
M	39	G	173
Y	33	B	157
K	0		

#e4ad9d

机械灰

C	20	R	208
M	13	G	212
Y	14	B	212
K	3		

#d0d4d4

柔和米色

C	8	R	238
M	10	G	230
Y	14	B	220
K	0		

#eee6dc

配色比例

配色比例

基调色　　　　　　　　　　强调色　　副色

基调色　　　　　　　　　　强调色　　　　副色

应用模板

健康01 | 有机谷物色

这是以添加水果干和坚果的谷物为灵感的配色。使用太阳般耀眼的橙黄色作为强调色，营造出健康、充满活力的氛围。

配色比例

基调色　　　　　　　　　　　　　　　　　强调色　　　　　　　　副色

椰子米色

C	10	R	234
M	10	G	229
Y	15		
K	0	B	218

#eae5da

日光黄

C	2	R	244
M	40	G	171
Y	90		
K	0	B	26

#f4ab1a

燕麦棕

C	30	R	190
M	44	G	151
Y	50		
K	0	B	124

#be977c

松弛

配色比例

基调色　　　　　　　　　　　强调色　　副色

配色比例

基调色　　　　　　　　　　强调色　　　　　副色

应用模板

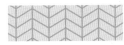

充满生命力的维生素色系

将流行的水果色系的色调略微调暗，更符合当下流行趋势。这是一组能给人留下鲜明印象的配色，整体风格乐观积极。

配色比例

基调色　　　　　　　　　　　　　　　　强调色　　　　　副色

黄金奇异果绿

C	38	R	175
M	7	G	201
Y	75	B	92
K	0		

#afc95c

亮白

C	6	R	243
M	5	G	242
Y	8	B	236
K	0		

#f3f2ec

欢快黄

C	5	R	248
M	5	G	235
Y	60	B	125
K	0		

#f8eb7d

配色比例

基调色　　　　　　　　　　　　强调色　　　　副色

配色比例

基调色　　　　　　　　　　强调色　　　　副色

应用模板

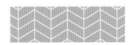

酸甜混合莓果

莓果色有意选择偏深的粉色，非常可爱，搭配以蓝莓为灵感的紫色作为强调色，营造出时尚现代的混合莓果色系。

配色比例

基调色　　　　　　　　　　　　　　　　　　强调色　　　　副色

野山莓粉	莓紫	仙女粉
C 8　　R 224	C 60　　R 85	C 3　　R 245
M 70　　G 107	M 55　　G 81	M 21　　G 215
Y 35　　B 123	Y 30　　B 104	Y 11　　B 214
K 0	K 40	K 0
#e06b7b	#555168	#f5d7d6

配色比例

基调色　　　　　　　　　　　强调色　　　　副色

配色比例

基调色　　　　　　　　　　　强调色　　　　副色

应用模板

活 力

打造乐观积极的印象

有幸福感满满的清爽波普色系，
还有力量感十足，能让人感受到玩乐心的鲜艳色调等，
是非常适合欢快风格的配色。

幸福花色

插入高饱和度的红色与粉色，搭配稳重的祖母绿，如同花朵一般。这是一组非常适合新的开始和积极形象的配色。

配色比例

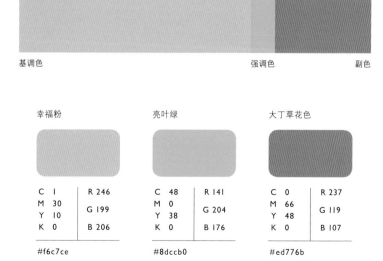

基调色　　　　　　　　　　　　　　　　　　　　强调色　　　　副色

幸福粉		亮叶绿		大丁草花色	
C 1	R 246	C 48	R 141	C 0	R 237
M 30	G 199	M 0	G 204	M 66	G 119
Y 10	B 206	Y 38	B 176	Y 48	B 107
K 0		K 0		K 0	
#f6c7ce		#8dccb0		#ed776b	

配色比例

基调色　　　　　　　　　　　　　强调色　　　　副色

配色比例

基调色　　　　　　　　　　　　　强调色　　　　副色

应用模板

清爽波普色

活力

清爽的绿色与蓝色搭配彩笔的黄色，营造出温柔现代的氛围。

配色比例

基调色　　　　　　　　　　　　　　　　　强调色　　　　副色

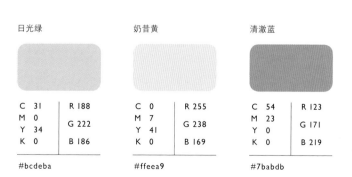

日光绿

C	31	R 188
M	0	G 222
Y	34	B 186
K	0	

#bcdeba

奶昔黄

C	0	R 255
M	7	G 238
Y	41	B 169
K	0	

#ffeea9

清澈蓝

C	54	R 123
M	23	G 171
Y	0	B 219
K	0	

#7babdb

配色比例

基调色　　　　　　　　　强调色　　副色

配色比例

基调色　　　　　　　　　强调色　　副色

应用模板

充满童趣的蜡笔色系

这是儿童画风格的蜡笔色系。只要做到色调统一，即便使用多个颜色也不会显得杂乱。

配色比例

基调色　　　　　　　　　　　　　　　强调色　　　　　副色

橙红	动感黄	跑步蓝
C 0　　R 238	C 0　　R 255	C 45　　R 145
M 62　　G 128	M 12　　G 225	M 0　　G 211
Y 51　　G 128	Y 74　　G 225	Y 7　　G 211
K 0　　B 106	K 0　　B 83	K 0　　B 234
#ee806a	#ffe153	#91d3ea

配色比例

配色比例

基调色　　　　　　　　　强调色　　　副色

基调色　　　　　　　　　强调色　　　副色

应用模板

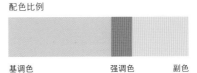

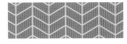

| # 活力海蓝

大海的蔚蓝、以珊瑚礁为灵感的华丽珊瑚粉、云朵的白，三者搭配在一起营造出流行的海蓝色系。

配色比例

基调色   强调色   副色

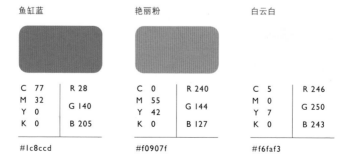

鱼缸蓝

C	77	R	28
M	32	G	140
Y	0	B	205
K	0		

#1c8ccd

艳丽粉

C	0	R	240
M	55	G	144
Y	42	B	127
K	0		

#f0907f

白云白

C	5	R	246
M	0	G	250
Y	7	B	243
K	0		

#f6faf3

配色比例

配色比例

基调色　　　　　　　强调色　　　副色　　　　基调色　　　　　　强调色　　　　副色

应用模板

阳光儿童屋

柔和日光般的黄色与橙色组合，色调统一为浅色系，给人留下柔和温暖的印象。

配色比例

基调色　　　　　　　　　　　　　　　　强调色　　　　　　副色

浅祖母绿		米黄		金盏菊橙	
C 37	R 171	C 0	R 250	C 0	R 244
M 0	G 218	M 5	G 238	M 45	G 164
Y 22	B 209	Y 26	B 198	Y 63	B 96
K 0		K 4		K 0	
#abdad1		#faeec6		#f4a460	

配色比例

基调色　　　　　　　强调色　　　副色

配色比例

基调色　　　　　　　　　　强调色　　　副色

应用模板

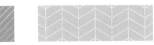

吸睛的鲜艳色系

这是鲜艳的粉色与绿色搭配而成的吸睛配色。彩笔粉色为整体增添了随性感。

配色比例

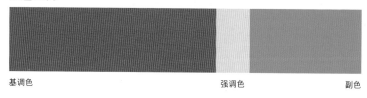

基调色 　　　　　　　　　　　　　　强调色 　　　　　副色

玩具粉	果冻婴儿粉	战士绿
C 0　R 232 M 83　G 74 Y 13　B 135 K 0	C 0　R 251 M 19　G 221 Y 12　B 215 K 0	C 80　R 0 M 4　G 167 Y 64　B 123 K 0
#e84a87	#fbddd7	#00a77b

活力

配色比例

基调色　　　　　　　　　强调色　　　　副色

配色比例

基调色　　　　　　　　　强调色　　　　副色

应用模板

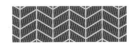

活力

深蓝色与波普橙色组合搭配，是动感十足的狂欢配色。一起彻夜舞动吧！

配色比例

基调色　　　　　　　　　　　　　　　　　　强调色　　　副色

行星蓝			午夜蓝			灯光橙		
C	78	R 72	C	80	R 56	C	0	R 235
M	64	G 93	M	76	G 53	M	77	G 92
Y	0	B 169	Y	0	B 122	Y	90	B 32
K	0		K	33		K	0	
#485da9			#38357a			#eb5c20		

配色比例

基调色　　　　　　　　　　　　强调色　　副色

配色比例

基调色　　　　　　　　　　　　强调色　　副色

应用模板

运动能量色系

在沉稳的绿色和灰色上添加橙色，营造出能量感，非常适合运动主题或者是休闲的设计风格。

配色比例

基调色　　　　　　　　　　　　　　　　　　　强调色　　　　　副色

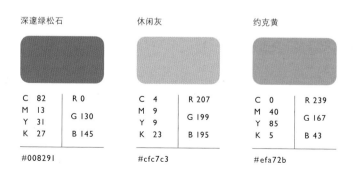

深邃绿松石		休闲灰		约克黄	
C 82	R 0	C 4	R 207	C 0	R 239
M 13	G 130	M 9	G 199	M 40	G 167
Y 31		Y 9		Y 85	
K 27	B 145	K 23	B 195	K 5	B 43
#008291		#cfc7c3		#efa72b	

配色比例

配色比例

| 基调色 | 强调色 | 副色 |

应用模板

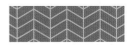

秋意盎然的户外色系

活力

暗蓝色与棕色给人留下成熟绅士的印象。副色使用黄色,为整体增加了欢快的氛围。

配色比例

基调色   强调色   副色

湖蓝		木棕色		啤酒黄	
C 67	R 58	C 6	R 178	C 0	R 239
M 39	G 89	M 43	G 124	M 17	G 203
Y 32	B 103	Y 68	B 65	Y 84	B 45
K 47		K 34		K 9	
#3a5967		#b27c41		#efcb2d	

配色比例

基调色　　　　　　　　　　　　强调色　　　副色

配色比例

基调色　　　　　　　　　　　　强调色　　　副色

应用模板

露营也能享受时尚

活力

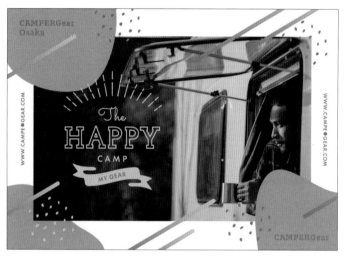

这是以大地、篝火和森林等户外场景为灵感的配色。基调色变成绿色的话，可以更增加自然感。

配色比例

基调色   强调色   副色

灯笼橙		森林绿		田野灵魂	
C 0	R 238	C 32	R 114	C 9	R 219
M 49	G 151	M 13	G 124	M 13	G 207
Y 77	B 63	Y 50	B 88	Y 30	B 174
K 4		K 51		K 11	
#ee973f		#727c58		#dbcfae	

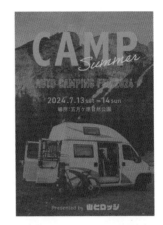

配色比例

配色比例

基调色　　　　　　　　强调色　　　副色

基调色　　　　　　　　　　强调色　　　副色

应用模板

随性的酷炫霓虹

低饱和度的黄色与蓝色的霓虹色搭配上灰色，兼具流行感与成熟感。

配色比例

基调色　　　　　　　　　　　　　　强调色　　　　　　　副色

灯光黄

C	4	R	252
M	0	G	241
Y	69	B	102
K	0		

#fcf166

残土灰

C	8	R	226
M	9	G	221
Y	16	B	207
K	8		

#e2ddcf

暗夜紫藤

C	40	R	165
M	41	G	152
Y	0	B	201
K	0		

#a598c9

配色比例

基调色　　　　　　　　　强调色　　副色

配色比例

基调色　　　　　　　　　强调色　　副色

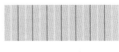

奢华

—

打造美丽优雅的氛围

有高雅的深邃色调，
还有优质成熟的裸色系等，
是能够体会到非日常感的优美时尚配色。

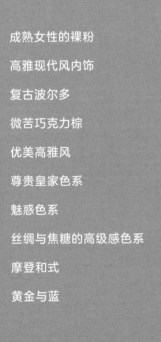

成熟女性的裸粉

高雅现代风内饰

复古波尔多

微苦巧克力棕

优美高雅风

尊贵皇家色系

魅惑色系

丝绸与焦糖的高级感色系

摩登和式

黄金与蓝

│ # 成熟女性的裸粉

温柔淡雅的粉色与米色组合搭配，能够营造出女人味十足的氛围。

配色比例

基调色   强调色   副色

裸米色		灰杏色		暖灰	
C 3	R 234	C 17	R 207	C 3	R 113
M 15	G 215	M 41	G 159	M 10	G 106
Y 15	B 204	Y 33	B 150	Y 10	B 103
K 8		K 6		K 69	
#ead7cc		#cf9f96		#716a67	

配色比例

基调色　　　　　　　　　　　强调色　　副色

配色比例

基调色　　　　　　　　　　　强调色　　副色

应用模板

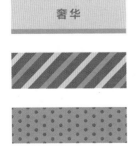

高雅现代风内饰

这是想要既利落又高雅的风格时非常合适的配色。裸感的焦糖色搭配上深绿，更增加了整体的优雅。

配色比例

基调色   强调色   副色

摩登米色			焦糖皮革色			幕布绿		
C	0	R 227	C	28	R 192	C	79	R 0
M	29	G 181	M	61	G 119	M	12	G 69
Y	42	B 138	Y	67	B 84	Y	40	B 69
K	13		K	0		K	72	
#e3b58a			#c07754			#004545		

配色比例

基调色　　　　　　　　　　　　强调色　　副色

配色比例

基调色　　　　　　　　　　　强调色　　　副色

应用模板

| # 复古波尔多

让人联想到法国的复古轿车与红酒的波尔多色系能够营造出高雅的氛围。

配色比例

基调色　　　　　　　　　　　　　　　　　　强调色　　　副色

复古波尔多红

C	22	R	141
M	100	G	0
Y	81		
K	40	B	29

#8d001d

奶油祖母绿

C	48	R	117
M	18	G	148
Y	37		
K	27	B	136

#759488

皮革米色

C	7	R	226
M	8	G	219
Y	25		
K	10	B	189

#e2dbbd

奢华

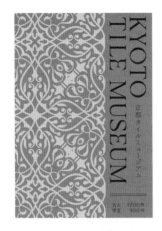

配色比例

配色比例

基调色　　　　　　　　强调色　　　副色

基调色　　　　　　　　强调色　　　副色

应用模板

| # 微苦巧克力棕

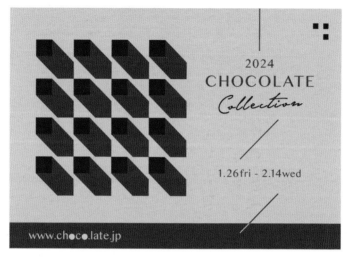

深邃的棕色是犹如微苦巧克力一般高雅的配色。

配色比例

基调色　　　　　　　　　　　　　　　　强调色　　　　　　　副色

浅咖墙纸色　　　　　　　　古典苦巧克力色　　　　　　摩登茶色

C 0	R 221
M 9	G 209
Y 6	B 207
K 19	

#ddd1cf

C 34	R 56
M 48	G 36
Y 41	B 34
K 83	

#382422

C 16	R 116
M 67	G 55
Y 54	B 49
K 59	

#743731

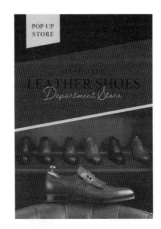

配色比例

基调色　　　　　　　　　　强调色　　　副色

配色比例

基调色　　　　　　　　　　强调色　　　副色

应用模板

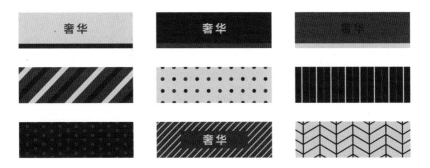

优美高雅风

暗粉色与柔和的金色组合搭配，营造出奢华感。既想要华丽又想要正式感时非常适合。

配色比例

基调色	强调色	副色

奢华粉

C	0	R	242
M	16	G	218
Y	11	B	213
K	6		

#f2dad5

柔和金

C	8	R	204
M	26	G	170
Y	56	B	107
K	20		

#ccaa6b

正式蓝

C	89	R	16
M	60	G	79
Y	55	B	89
K	26		

#104f59

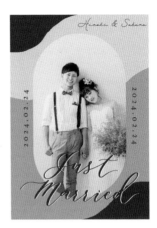

配色比例

基调色　　　　　　　　　　　　　　强调色　　副色

配色比例

基调色　　　　　　　　　　　　　　强调色　　　　　　副色

应用模板

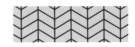

尊贵皇家色系

深蓝色与金色组合构成高级感十足的配色，彰显尊贵感。

配色比例

基调色 强调色 副色

意大利亚蓝		日系米色		复古金色	
C 100	R 15	C 19	R 214	C 50	R 148
M 100	G 19	M 19	G 204	M 51	G 126
Y 29		Y 32		Y 94	
K 40	B 81	K 0	B 177	K 0	B 50
#0f1351		#d6ccb1		#947e32	

配色比例

配色比例

基调色   强调色   副色

基调色   强调色   副色

应用模板

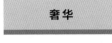

魅惑色系

芳香四溢的深紫色搭配泛青的成熟灰，魅惑感十足。

配色比例

基调色　　　　　　　　　　　　　　　强调色　　　　　　　　　　副色

魅力紫

C	75	R	55
M	80	G	39
Y	42		
K	50	B	69

#372745

大丽花紫

C	32	R	135
M	58	G	90
Y	4		
K	37	B	130

#875a82

浅灰

C	26	R	167
M	12	G	179
Y	18		
K	23	B	176

#a7b3b0

配色比例

配色比例

基调色　　　　　强调色　　　副色

基调色　　　　　　强调色　　　副色

应用模板

丝绸与焦糖的高级感色系

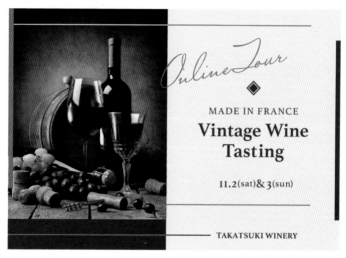

柔和的黑色与棕色、白色组合搭配，营造出可甜可咸的高级氛围。加入黑色的话，就能打造出高雅的都市印象。

配色比例

基调色　　　　　　　　　　　　　　　　　　强调色　　　　　副色

丝绸白			焦奶糖色			暗黑鸡尾酒	
C 0	R 254		C 40	R 169		C 25	R 47
M 7	G 242		M 60	G 116		M 30	G 36
Y 13	B 226		Y 75	B 74		Y 37	B 27
K 0			K 0			K 90	
#fef2e2			#a9744a			#2f241b	

配色比例

配色比例

基调色　　　　　　　强调色　　　副色

基调色　　　　　　　　　　强调色　　　副色

应用模板

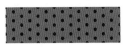

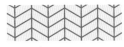

| **摩登和式**

以华丽的绯红色为基调构成风韵十足的和式现代色系。充满格调的配色也很适合传统的日系设计风格。

配色比例

基调色 强调色 副色

绯红色	乌黑	黑灰杜鹃色
C 0　　R 225	C 33　　R 32	C 0　　R 141
M 85　　G 69	M 8　　G 39	M 0　　G 139
Y 99　　B 10	Y 10　　B 43	Y 27　　B 113
K 6	K 92	K 58
#e1450a	#20272b	#8d8b71

奢华

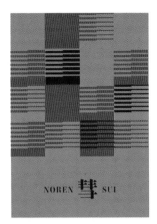

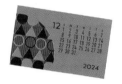

配色比例

配色比例

基调色	强调色	副色

基调色	强调色	副色

应用模板

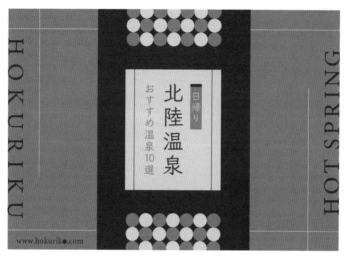

金色与蓝色的深邃配色，高雅中又带有一丝威严。

配色比例

| 基调色 | 强调色 | 副色 |

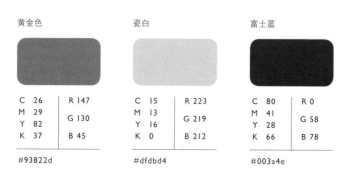

黄金色

C	26	R	147
M	29	G	130
Y	82	B	45
K	37		

#93822d

瓷白

C	15	R	223
M	13	G	219
Y	16	B	212
K	0		

#dfdbd4

富士蓝

C	80	R	0
M	41	G	58
Y	28	B	78
K	66		

#003a4e

配色比例

基调色　　　　　　　　　　强调色　　副色

配色比例

基调色　　　　　　　　强调色　　副色

应用模板

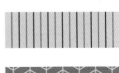

甜美

动人的甜美色系

从灵感来自甜点的柔和彩笔色，
到仿佛要融化般的柔和色系，
这里汇聚了各种动人心弦的配色。

| # 柔和婴儿色系

这是甜点一般的轻柔配色，微暗的色调更具成熟感。

配色比例

基调色　　　　　　　　　　　　　强调色　　　　　副色

蕾丝粉

C	0	R	254
M	7	G	244
Y	3		
K	0	B	244

#fef4f4

沙冰蓝

C	22	R	207
M	2	G	232
Y	5		
K	0	B	241

#cfe8f1

赤陶米色

C	0	R	249
M	28	G	201
Y	34		
K	0	B	166

#f9c9a6

甜美

配色比例

配色比例

基调色　　　　　　　　　强调色　　　　副色

基调色　　　　　　　　　强调色　　　　副色

应用模板

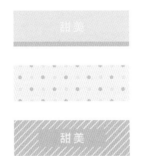

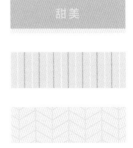

复活节的颜色

配色展现了春天的复活节。黄色打造出春天的欢欣雀跃感。

配色比例

基调色　　　　　　　　　　　　强调色　　　　　副色

鸡蛋黄		快乐粉		浅丁香紫	
C 4	R 250	C 1	R 245	C 12	R 227
M 4	G 239	M 35	G 190	M 18	G 215
Y 48	B 155	Y 3	B 211	Y 1	B 233
K 0		K 0		K 0	
#faef9b		#f5bed3		#e3d7e9	

配色比例

配色比例

基调色　　　　　　　　　强调色　　　副色

基调色　　　　　　　　　强调色　　　副色

应用模板

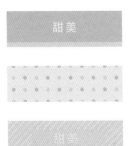

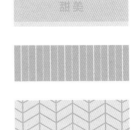

这是不过分甜腻且具有成熟女性感的时尚宴会风配色。这种配色推荐用于蝴蝶结和可爱的插图设计中。

配色比例

基调色 强调色 副色

甜蜜柑橘橙		曲奇米色		甜薯紫	
C 0	R 252	C 0	R 255	C 19	R 212
M 20	G 214	M 4	G 247	M 26	G 194
Y 49	B 142	Y 15	B 255	Y 3	B 219
K 0		K 0		K 0	
#fcd68e		#fff7e1		#d4c2db	

甜美

配色比例

基调色　　　　　　　　　强调色　　　　　副色

配色比例

基调色　　　　　　　　　强调色　　　　　副色

应用模板

| # 梦幻星空

以梦境星空为灵感的配色，与梦幻的可爱风格适配度非常高。

配色比例

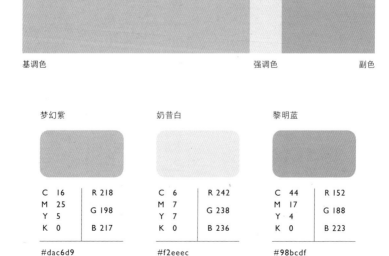

基调色　　　　　　　　　　　　　强调色　　　副色

梦幻紫

C	16	R	218
M	25	G	198
Y	5		
K	0	B	217

#dac6d9

奶昔白

C	6	R	242
M	7	G	238
Y	7		
K	0	B	236

#f2eeec

黎明蓝

C	44	R	152
M	17	G	188
Y	4		
K	0	B	223

#98bcdf

配色比例

配色比例

基调色　　　　　　　　　　强调色　　副色

基调色　　　　　　　　　　强调色　　副色

应用模板

浪漫02 | # 沉醉粉与清爽薄荷

甜甜的粉色加入沉稳的薄荷色系，既可爱又漂亮。

配色比例

基调色　　　　　　　　　　　　　　　　　　强调色　　　　　副色

浪漫粉

C	5	R	235
M	45	G	165
Y	20	B	172
K	0		

#eba5ac

蜜糖粉

C	3	R	246
M	17	G	223
Y	9	B	222
K	0		

#f6dfde

松弛薄荷绿

C	42	R	158
M	3	G	209
Y	25	B	200
K	0		

#9ed1c8

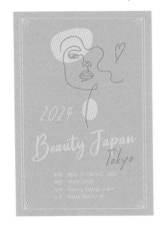

配色比例

基调色　　　　　　　　　　强调色　　副色

配色比例

基调色　　　　　　　　　　强调色　　副色

应用模板

| **梦幻天使色系**

彩笔色调的紫色加上甜美的粉色，营造出浪漫的氛围。

配色比例

基调色　　　　　　　　　　　　　　　　强调色　　　　　　　　　　副色

浪漫月色紫　　　　　　　　天使紫　　　　　　　　梦幻粉

C	10	R 230
M	24	G 205
Y	0	B 227
K	0	

#e6cde3

C	27	R 191
M	33	G 173
Y	6	B 202
K	3	

#bfadca

C	0	R 252
M	14	G 231
Y	4	B 235
K	0	

#fce7eb

甜美

配色比例

配色比例

基调色　　　　　　　　　　　强调色　　副色　　　　　基调色　　　　　　　　　　　强调色　　　　副色

应用模板

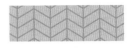

| # 低糖花园玫瑰

让人联想到玫瑰芳香的浓淡各异的粉，与烟绿色组合搭配，创造出一种庭院般的氛围感。

配色比例

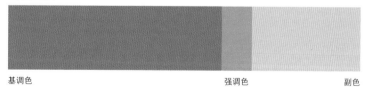

基调色   强调色   副色

烟绿色		灰粉色		石英粉	
C 44	R 120	C 15	R 219	C 6	R 240
M 14	G 148	M 39	G 171	M 20	G 214
Y 36	B 133	Y 27	B 167	Y 13	B 212
K 32		K 0		K 0	
#789485		#dbaba7		#f0d6d4	

配色比例

基调色　　　　　　　　强调色　　　副色

配色比例

基调色　　　　　　　　强调色　　　副色

应用模板

带着皂香味的蓝色

烟蓝色与灰色的组合搭配，酝酿出成年人的沉稳与清爽感。用微微泛青的明灰色作为强调色，营造出柔和的氛围。

配色比例

基调色   强调色   副色

冰岛蓝		石棉瓦灰		烟灰	
C 29	R 190	C 19	R 171	C 9	R 236
M 10	G 213	M 12	G 176	M 5	G 240
Y 5	B 232	Y 4	B 188	Y 3	B 244
K 0		K 28		K 0	
#bed5e8		#abb0bc		#ecf0f4	

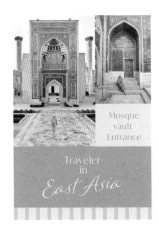

配色比例

基调色　　　　　　　　　强调色　　　副色

配色比例

基调色　　　　　　　　　强调色　　　副色

应用模板

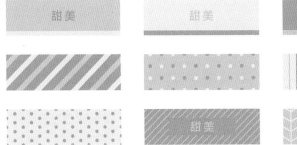

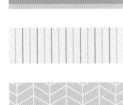

甜美

高饱和度的粉色与沉稳的蓝色对比强烈，营造出神秘快乐的氛围，非常适合想要打造梦幻感的场景。

配色比例

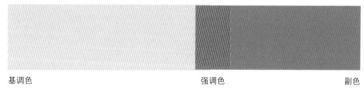

基调色　　　　　　　　　　　强调色　　　　　　　副色

迷人粉

C 2	R 249
M 13	G 231
Y 7	B 230
K 0	

#f9e7e6

火烈鸟粉

C 0	R 236
M 65	G 122
Y 0	B 172
K 0	

#ec7aac

薄雾蓝

C 55	R 125
M 34	G 153
Y 2	B 205
K 0	

#7d99cd

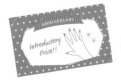

配色比例

配色比例

基调色	强调色	副色

基调色	强调色	副色

应用模板

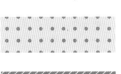

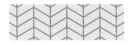

| # 动感可爱

充满力量的橙色与淡蓝色、柔和的黄色组合搭配,营造出适度的可爱,活泼感十足。

配色比例

基调色   强调色   副色

淡黄		动感橙		清澈天空	
C 2	R 254	C 0	R 240	C 36	R 171
M 0	G 249	M 57	G 139	M 0	G 220
Y 31	B 196	Y 66	B 84	Y 4	B 241
K 0		K 0		K 0	
#fef9c4		#f08b54		#abdcf1	

配色比例

基调色　　　　　　　　　　　　　强调色　　副色

配色比例

基调色　　　　　　　　　　　　　强调色　　副色

应用模板

梦幻少女系复古

配色本身具有复古的流行感，同时以奶油色系作为基调色，打造出纯洁的氛围。

配色比例

基调色　　　　　　　　　　　　　　　强调色　　　　　副色

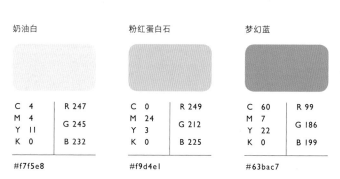

奶油白

C 4		R 247
M 4		G 245
Y 11		B 232
K 0		

#f7f5e8

粉红蛋白石

C 0		R 249
M 24		G 212
Y 3		B 225
K 0		

#f9d4e1

梦幻蓝

C 60		R 99
M 7		G 186
Y 22		B 199
K 0		

#63bac7

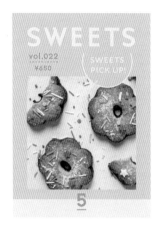

配色比例

配色比例

基调色 强调色 副色

基调色 强调色 副色

| # 落日余晖

用奶油米色将蓝色与粉红色这一对互补色整合在一起，打造出可爱又魅惑的波普色系。

配色比例

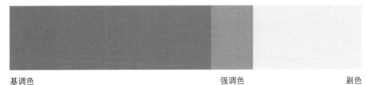

基调色　　　　　　　　　　　　　　　　　强调色　　　　　　　　　副色

慵懒蓝		柔和粉		奶油甜点	
C 55	R 128	C 0	R 242	C 4	R 247
M 40	G 144	M 50	G 155	M 6	G 242
Y 6	B 192	Y 35	B 143	Y 8	B 235
K 0		K 0		K 0	
#8090c0		#f29b8f		#f7f2eb	

配色比例

基调色　　　　　　　　　　强调色　　　副色

配色比例

基调色　　　　　　　　　　强调色　　　副色

应用模板

甜美

整体颜色饱和度较低，色调柔和，让人感觉犹如深夜聆听的音乐一般温润。

配色比例

基调色　　　　　　　　　　　　　　　　强调色　　　　　副色

天竺葵蓝		月亮黄		冷灰	
C 60	R 116	C 0	R 249	C 20	R 211
M 50	G 121	M 5	G 233	M 18	G 207
Y 22	B 156	Y 50	B 146	Y 15	B 208
K 5		K 5		K 0	
#74799c		#f9e992		#d3cfd0	

配色比例

配色比例

基调色　　　　　　　　　　　　　　强调色　　副色　　　　　　基调色　　　　　　　　　　　　强调色　　　　副色

应用模板

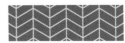

柔和的桃子色系

这是仿佛散发着香甜气息的水果般的配色。暗绿色使整体氛围更加温柔紧凑。

配色比例

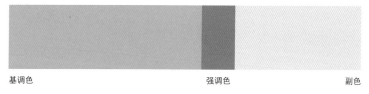

基调色　　　　　　　　　　　　　　　强调色　　　　　　　　　副色

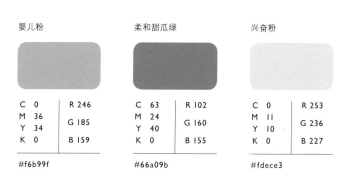

婴儿粉

C	0	R	246
M	36	G	185
Y	34	B	159
K	0		

#f6b99f

柔和甜瓜绿

C	63	R	102
M	24	G	160
Y	40	B	155
K	0		

#66a09b

兴奋粉

C	0	R	253
M	11	G	236
Y	10	B	227
K	0		

#fdece3

配色比例

基调色　　　　　　　　　　强调色　　　副色

配色比例

基调色　　　　　　　　　　强调色　　　副色

应用模板

复古

—

充满怀旧感的色彩

从胶卷相机拍摄效果一般怀旧风,
到20世纪80年代的绚烂波普风,
把这些使人联想到怀旧场景的配色变得更符合当下的复古风。

记忆中的夏日天空蓝　　　时髦摩登的旧时光

华丽可爱的霓虹波普　　　20世纪80年代的彩笔波普

夕阳下的放学后　　　　　心动幻想复古

深棕色的回忆　　　　　　复古喜剧文化

美国复古杂志

记忆中的夏日天空蓝

这是融合了记忆中的小镇灯光、夏日大海，展现了慵懒怀旧的复古色系。蓝色与泛青的浓粉、淡粉搭配组合，营造出某种多愁善感的气息。

配色比例

基调色　　　　　　　　　　　　　　　　　　　　强调色　　　　副色

城市蓝		浅胡桃		李子粉	
C 77	R 56	C 0	R 251	C 7	R 230
M 44	G 123	M 16	G 227	M 50	G 153
Y 4	B 188	Y 6	B 229	Y 16	B 172
K 0		K 0		K 0	
#387bbc		#fbe3e5		#e699ac	

配色比例

配色比例

基调色 　　　　　　　　强调色　　副色　　　　　　　　基调色 　　　　　　　　强调色　　副色

应用模板

华丽可爱的霓虹波普

各式各样的波普文化混合在一起充满浓浓的原宿风。增加粉色的占比，可以更增添复古感。

配色比例

基调色　　　　　　　　　　　　　　　　　强调色　　　　　　副色

午夜祖母绿	热情粉	霓虹紫

C	60	R	98		
M	0	G	192		
Y	35	B	180		
K	0				

#62c0b4

C	0	R	246
M	34	G	192
Y	8	B	204
K	0		

#f6c0cc

C	57	R	131
M	74	G	83
Y	0	B	158
K	0		

#83539e

复古

配色比例

基调色　　　　　　　　　　强调色　　　　副色

配色比例

基调色　　　　　　　　　　强调色　　　　副色

应用模板

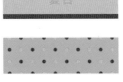

夕阳下的放学后

这展现的是粉色夕阳映照下的放学后时光，有一种莫名的伤感。

配色比例

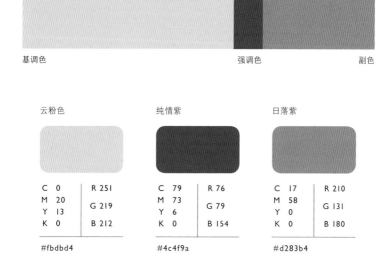

基调色　　　　　　　　　　　　　　强调色　　　　　　　副色

云粉色

C	0	R 251
M	20	G 219
Y	13	B 212
K	0	

#fbdbd4

纯情紫

C	79	R 76
M	73	G 79
Y	6	B 154
K	0	

#4c4f9a

日落紫

C	17	R 210
M	58	G 131
Y	0	B 180
K	0	

#d283b4

配色比例

基调色　　　　　　　　强调色　　　副色

配色比例

基调色　　　　　　　　　强调色　　　副色

应用模板

纯情02 | # 深棕色的回忆

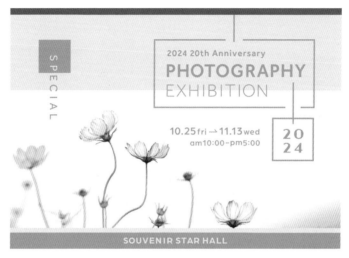

这是让人回想起过去，有怀旧感的配色，最适合想要打造出复古沉稳感的场合。

配色比例

基调色　　　　　　　　　　　　　　　　　强调色　　　　　　　　副色

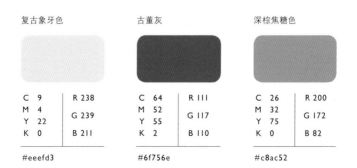

复古象牙色			古董灰			深棕焦糖色		
C	9	R 238	C	64	R 111	C	26	R 200
M	4	G 239	M	52	G 117	M	32	G 172
Y	22	B 211	Y	55	B 110	Y	75	B 82
K	0		K	2		K	0	
#eeefd3			#6f756e			#c8ac52		

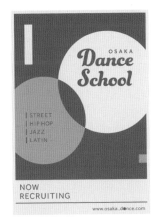

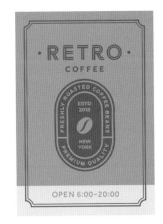

配色比例

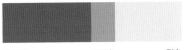

基调色　　　　　强调色　　　　　副色

配色比例

基调色　　　　　强调色　　　　　副色

应用模板

美国复古杂志

犹如在古旧的纸张上印刷了两种颜色一般，具有怀旧感。整体颜色较淡，非常适合有韵味的复古设计。

配色比例

基调色　　　　　　　　　　　　　　强调色　　　　　副色

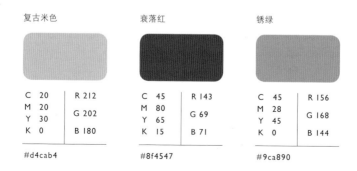

复古米色	
C 20	R 212
M 20	G 202
Y 30	B 180
K 0	

#d4cab4

衰落红	
C 45	R 143
M 80	G 69
Y 65	B 71
K 15	

#8f4547

锈绿	
C 45	R 156
M 28	G 168
Y 45	B 144
K 0	

#9ca890

配色比例

基调色　　　　　　　　　　　　强调色　　　　副色

配色比例

基调色　　　　　　　　　　　　强调色　　　　副色

应用模板

| # 时髦摩登的旧时光

这个设计表现的是日本大正时期的杂志风。沉稳的苔绿色搭配上犹如水菖蒲花一般的素雅紫，营造出和式摩登的氛围。

配色比例

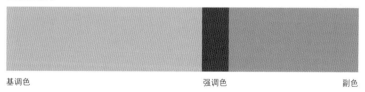

基调色　　　　　　　　　　　　强调色　　　　　　　副色

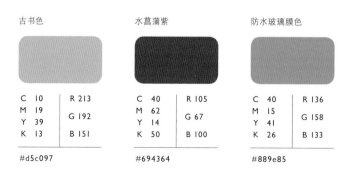

古书色		水菖蒲紫		防水玻璃膜色	
C 10	R 213	C 40	R 105	C 40	R 136
M 19	G 192	M 62	G 67	M 15	G 158
Y 39	B 151	Y 14	B 100	Y 41	B 133
K 13		K 50		K 26	
#d5c097		#694364		#889e85	

配色比例

配色比例

基调色　　　　　强调色　　　副色

基调色　　　　　强调色　　　副色

20世纪80年代的彩笔波普

彩笔色调的温柔配色让人联想到20世纪80年代少女漫画的世界，想要营造怀旧的氛围时非常推荐。

配色比例

基调色　　　　　　　　　　　　　　　强调色　　　　　　　　副色

幻觉蓝		柠檬汽水黄		棉花糖粉	
C 68	R 82	C 2	R 255	C 0	R 247
M 32	G 146	M 2	G 241	M 30	G 201
Y 4	B 202	Y 68	B 104	Y 0	B 221
K 0		K 0		K 0	
#5292ca		#fff168		#f7c9dd	

配色比例

配色比例

基调色　　　　　　　　　　强调色　　副色　　　　　　基调色　　　　　　　　　　强调色　　　　　　副色

应用模板

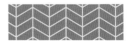

心动幻想复古

这是犹如日本昭和时期流行的装饰品杂货铺一般复古波普的配色。使用插画和几何图形可以营造出20世纪80年代一般的跃动波普风。

配色比例

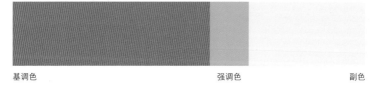

基调色   强调色   副色

心动粉		甜瓜苏打水绿		心形符号黄	
C 2	R 232	C 60	R 102	C 3	R 253
M 70	G 109	M 0	G 191	M 0	G 244
Y 0	B 165	Y 50	B 151	Y 60	B 127
K 0		K 0		K 0	
#e86da5		#66bf97		#fdf47f	

复古

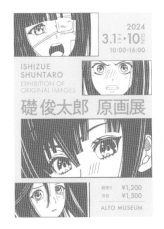

配色比例

| 基调色 | 强调色 | 副色 |

配色比例

| 基调色 | 强调色 | 副色 |

应用模板

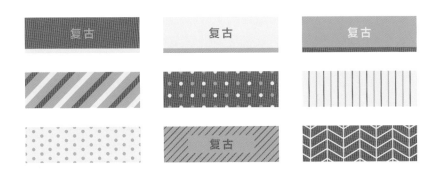

复古喜剧文化

20世纪90年代的日本充满着活力，有各式各样的音乐与时尚。对比度鲜明的鲜艳配色是整体风格充满活力的要点。

配色比例

基调色　　　　　　　　　　　　　　　　　　强调色　　　　　　　　　副色

喜剧红

C 5	R 225
M 85	G 69
Y 40	B 103
K 0	

#e14567

游戏黄

C 0	R 253
M 20	G 210
Y 85	B 43
K 0	

#fdd22b

苏打水蓝

C 25	R 199
M 0	G 232
Y 2	B 248
K 0	

#c7e8f8

配色比例

配色比例

基调色　　　　　　　　强调色　　　副色　　　　　　基调色　　　　　　　　强调色　　　　　　副色

应用模板

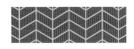

季节

—

感受四季的气息

以各个季节的花草和果实的颜色为主题，介绍四季应季的配色。
从柔软轻盈的浅色调到温润沉稳的暗色调，常常应用于各种季节
性活动的设计。

明媚的春风色系

展现明媚春景的配色，让人想到浅粉色的樱花瓣、从树叶间隙射入的柔和日光、嫩叶……

配色比例

基调色   强调色   副色

花香粉	新叶绿	淡奶油色
C 0 R 243	C 17 R 207	C 2 R 252
M 33 G 189	M 0 G 221	M 6 G 241
Y 20 B 183	Y 33 B 178	Y 22 B 210
K 3	K 10	K 0
#f3bdb7	#cfddb2	#fcf1d2

配色比例

基调色　　　　　　　　　强调色　　副色　　　　　　基调色　　　　　　　　　强调色　　副色

应用模板

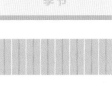

盛开的丁香花

如春日盛开的丁香花一般美丽的紫色与柔和明亮的黄色、蓝色组合搭配，营造出清爽的氛围。

配色比例

基调色　　　　　　　　　　　　　　　　　　强调色　　　　副色

柔和丁香紫		清风蓝		春日黄	
C 16	R 219	C 15	R 223	C 0	R 255
M 19	G 210	M 6	G 232	M 2	G 246
Y 0	B 232	Y 4	B 240	Y 45	B 164
K 0		K 0		K 0	
#dbd2e8		#dfe8f0		#fff6a4	

配色比例

基调色　　　　　　　　　强调色　　　副色

配色比例

基调色　　　　　　　　　强调色　　　副色

应用模板

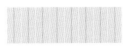

春天的粉色甜品

如同散发着香甜气息的甜品般配色，两种粉色的搭配让人怦然心动。

配色比例

基调色　　　　　　　　　　　　　　　　强调色　　　　副色

甜蜜婴儿粉

C	0	R 249
M	26	G 207
Y	11	B 209
K	0	

#f9cfd1

辛德瑞拉蓝

C	11	R 233
M	0	G 244
Y	8	B 240
K	0	

#e9f4f0

草莓慕斯粉

C	0	R 238
M	60	G 134
Y	20	B 154
K	0	

#ee869a

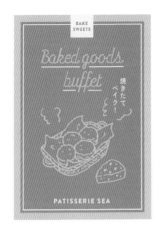

配色比例

基调色　　　　　　　　　　　　强调色　　副色

配色比例

基调色　　　　　　　　　　　　强调色　　　　副色

应用模板

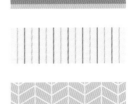

| # 清香的柠檬苏打水

这以清爽的柠檬和气泡感十足的苏打水为灵感，是初夏的清新配色。

配色比例

基调色   强调色   副色

云朵蓝

C	43	R	152
M	2	G	211
Y	8		
K	0	B	231

#98d3e7

牛奶蓝

C	20	R	212
M	0	G	236
Y	6		
K	0	B	241

#d4ecf1

柠檬黄

C	2	R	255
M	2	G	240
Y	73		
K	0	B	89

#fff059

配色比例

基调色 强调色 副色

配色比例

基调色 强调色 副色

应用模板

| **盛夏的热带水果**

这是能让人联想到南国水果的配色。使用以椰子树为灵感的绿色，使整体更加紧凑。

配色比例

基调色   强调色   副色

朦胧珊瑚粉			热情橙			玻璃海绿		
C	0	R 249	C	0	R 248	C	75	R 0
M	25	G 209	M	35	G 183	M	0	G 175
Y	15	B 203	Y	80	B 61	Y	60	B 132
K	0		K	0		K	0	
#f9d1cb			#f8b73d			#00af84		

配色比例

基调色　　　　　　　　　强调色　　　　副色

配色比例

基调色　　　　　　　　　强调色　　　　副色

应用模板

秋日的大地

这是沉稳又甜度适中的秋日大地配色。既适合休闲风，也适合成熟风，应用非常广。

配色比例

基调色　　　　　　　　　　　　　　　　　强调色　　　　　副色

神秘粉

C	2	R	245
M	30	G	197
Y	25	B	181
K	0		

#f5c5b5

深树枝色

C	62	R	104
M	45	G	115
Y	70	B	82
K	17		

#687352

织物棕

C	28	R	192
M	57	G	128
Y	54	B	107
K	0		

#c0806b

配色比例

基调色　　　　　　　　　　强调色　　　副色

配色比例

基调色　　　　　　　　　　强调色　　　副色

应用模板

| # 秋天的奶茶

让人联想到印度甜茶的香辛料配色非常适合民族风设计。

配色比例

基调色　　　　　　　　　　　　　　强调色　　　　　副色

枯玫瑰紫

C	50	R	146
M	55	G	121
Y	35	B	138
K	0		

#92798a

金盏花橙

C	19	R	214
M	34	G	173
Y	86	B	52
K	0		

#d6ad34

素雅驼色

C	5	R	229
M	10	G	216
Y	30	B	178
K	10		

#e5d8b2

配色比例

基调色　　　　　　　　　　　　　　强调色　　　副色

配色比例

基调色　　　　　　　　　　　　强调色　　　　　　　副色

应用模板

│ # 鲜艳的红叶

红色系配色，既能打造秋意又能增添日式风情。

配色比例

基调色   强调色   副色

红叶色

C 33	R 179
M 100	G 30
Y 100	
K 0	B 35

#b31e23

枫叶色

C 12	R 211
M 73	G 96
Y 88	
K 5	B 40

#d36028

米黄色

C 10	R 233
M 15	G 218
Y 27	
K 0	B 191

#e9dabf

配色比例

基调色   强调色   副色

配色比例

基调色   强调色   副色

应用模板

｜ 自然风圣诞色

在经典的圣诞色——红色和绿色之上搭配奶油米色，营造出自然感。

配色比例

基调色　　　　　　　　　　　　　　　　　　　　　　　强调色　　　　　副色

自然奶油色		绅士红		圣诞树绿	
C 3	R 238	C 5	R 197	C 75	R 0
M 10	G 224	M 78	G 76	M 9	G 95
Y 21	B 199	Y 67	B 61	Y 41	B 92
K 7		K 20		K 58	
#eee0c7		#c54c3d		#005f5c	

配色比例

基调色　　　　　　　　　强调色　　　副色

配色比例

基调色　　　　　　　　　强调色　　　副色

应用模板

| # 神圣的蓝金色

这是充满祝福的配色,让人联想到沉稳的冬日里从天空中倾泻而下的阳光与雪花。

配色比例

基调色　　　　　　　　　　　　　　　　　　　强调色　　　　　副色

亮金色		静雅灰		圣洁蓝	
C 18	R 218	C 10	R 232	C 50	R 120
M 18	G 204	M 5	G 236	M 25	G 148
Y 52	B 137	Y 5	B 238	Y 15	B 171
K 0		K 2		K 20	
#dacc89		#e8ecee		#7894ab	

配色比例

基调色　　　　　　　　强调色　　　　　副色

配色比例

基调色　　　　　　　　强调色　　　　　副色

应用模板

冬季里的节日

正红色与金色的组合搭配打造出喜庆与高雅的和式配色。

配色比例

基调色　　　　　　　　　　　　　　强调色　　　　　副色

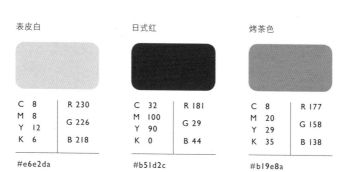

表皮白		日式红		烤茶色	
C 8	R 230	C 32	R 181	C 8	R 177
M 8	G 226	M 100	G 29	M 20	G 158
Y 12	B 218	Y 90	B 44	Y 29	B 138
K 6		K 0		K 35	
#e6e2da		#b51d2c		#b19e8a	

配色比例

基调色　　　　　　　　　　　　　强调色　　　副色

配色比例

基调色　　　　　　　　　　　强调色　　　　　副色

应用模板

自然

—

通往未来的自然色系

与自然融合的大地色，
以及活力十足的大自然的各种配色，
非常适合绿色环保主题设计。

焕发精神的森林色

有益健康的有机蔬菜

沙漠的风与大地

幽深的森林

善待自然

绿色能源

共同家园

异国情调

| # 焕发精神的森林色

配色为治愈身心的绿色系，可以让人联想到自然，所以也非常适合健康和环境的设计主题。

配色比例

基调色   强调色   副色

治愈绿

C 64	R 84
M 13	G 146
Y 74	B 85
K 21	

#549255

阳光森林绿

C 27	R 202
M 4	G 214
Y 84	B 64
K 0	

#cad640

浓绿

C 90	R 0
M 11	G 94
Y 53	B 85
K 53	

#005e55

配色比例

基调色　　　　　　　　　强调色　　　副色

配色比例

基调色　　　　　　　　　强调色　　　副色

应用模板

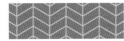

有益健康的有机蔬菜

身心都要保持健康。圆白菜、胡萝卜、青椒等蔬菜系配色能够让人感受到蔬菜的力量。点缀上鲜艳的橙色可以表现出蔬菜的新鲜感。

配色比例

基调色   强调色   副色

浅薄荷绿		亚麻柑橘橙		雾绿色	
C 17	R 219	C 0	R 235	C 66	R 75
M 3	G 226	M 47	G 153	M 15	G 137
Y 47	B 155	Y 80	B 56	Y 75	B 79
K 3		K 6		K 26	
#dbe29b		#eb9938		#4b894f	

自然

配色比例

基调色　　　　　　　　　　　　　　强调色　　副色

配色比例

基调色　　　　　　　　　　　强调色　　副色

应用模板

沙漠的风与大地

以沙漠为灵感的米色，以植物为灵感的绿色，都是环保的大地色系，非常适合以自然为主题的可持续风设计。

配色比例

基调色　　　　　　　　　　　　　　强调色　　　　　副色

浅咖啡色

C	0	R	224
M	19	G	195
Y	30		
K	16	B	164

#e0c3a4

砂棕色

C	11	R	179
M	37	G	138
Y	46		
K	30	B	107

#b38a6b

狂野玻璃绿

C	53	R	109
M	39	G	115
Y	53		
K	29	B	98

#6d7362

自然

配色比例

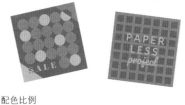

配色比例

基调色	强调色	副色

基调色	强调色	副色

应用模板

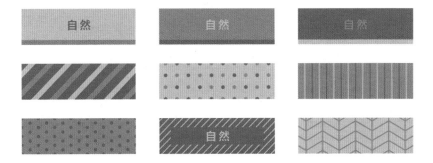

| # 幽深的森林

沉稳深邃的绿色系配色给人留下心情舒适、悠闲自在的印象。

配色比例

基调色   强调色   副色

芥末绿		天鹅绒绿		暖炉色	
C 46	R 153	C 58	R 74	C 29	R 75
M 22	G 175	M 21	G 107	M 22	G 73
Y 52	B 135	Y 67	B 68	Y 45	B 54
K 0		K 48		K 75	
#99af87		#4a6b44		#4b4936	

配色比例

配色比例

基调色　　　　　　强调色　　副色　　　　　基调色　　　　　　强调色　　　　副色

应用模板

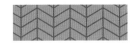

善待自然

温柔的绿色搭配柔和的黄色，给人留下平和、安心、沉稳的印象。

配色比例

基调色　　　　　　　　　　　　　　　　　强调色　　　　　　副色

地球绿	
C 73	R 36
M 0	G 163
Y 70	B 104
K 12	
#24a368	

环保绿	
C 37	R 166
M 0	G 197
Y 83	B 68
K 10	
#a6c544	

环保黄	
C 5	R 246
M 6	G 237
Y 37	B 179
K 0	
#f6edb3	

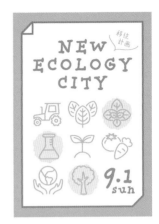

配色比例

基调色　　　　　　　　强调色　　　　副色

配色比例

基调色　　　　　　　　　　强调色　　　　副色

应用模板

自然

以水和太阳为灵感的祖母绿和黄色组合搭配，营造出时尚的环保主义风。

配色比例

基调色　　　　　　　　　　　　　　　　　强调色　　　　　　　副色

火山灰			清新黄			能量绿	
C	4	R 238	C	9	R 239	C	77	R 0
M	2	G 240	M	12	G 216	M	3	G 166
Y	4	B 238	Y	89	B 28	Y	39	B 163
K	6		K	0		K	7	

#eef0ee　　　　　　　#efd81c　　　　　　　#00a6a3

配色比例

基调色　　　　　　　　强调色　　　　　　　副色

配色比例

基调色　　　　　　　　强调色　　　　　　　副色

应用模板

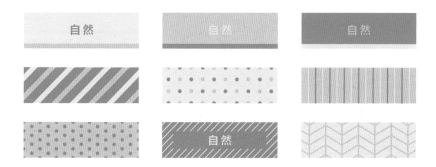

共同家园

这是让人联想到大地、大海、太阳的全球化风格配色。汇聚高明度的相近色，打造出充满正能量的协调的搭配组合。

配色比例

基调色　　　　　　　　　　　　　　　强调色　　　　　　　　　副色

淡日光黄		陆地绿		地球蓝	
C 0	R 255	C 37	R 176	C 56	R 108
M 10	G 230	M 0	G 211	M 0	G 198
Y 62	B 117	Y 67	B 113	Y 14	B 219
K 0		K 0		K 0	
#ffe675		#b0d371		#6cc6db	

配色比例

配色比例

基调色	强调色	副色

基调色	强调色	副色

应用模板

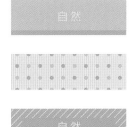
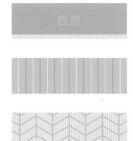

异国情调

有着亚洲风韵的法国三色国旗色系。

配色比例

基调色   强调色   副色

中国红		砂茶色		东方蓝	
C 0	R 236	C 0	R 234	C 80	R 59
M 73	G 102	M 11	G 216	M 57	G 103
Y 85	B 42	Y 20	B 193	Y 7	B 170
K 0		K 12		K 0	
#ec662a		#ead8c1		#3b67aa	

配色比例

| 基调色 | 强调色 | 副色 |

配色比例

| 基调色 | 强调色 | 副色 |

应用模板

炫酷

——

知性帅气

有暗色系男性化的配色，
也有知性充满未来感的鲜艳配色，
汇聚了各式各样的炫酷风格配色。

有松弛感的经典色

极简主义

洒脱灰调法式风

珊瑚蓝营造诚信感

营造信赖感的利落色系

未来的深夜

下一代的电子空间

高雅未来粉

热情能量感

舒适利落感

感受希望的明星黄

有松弛感的经典色

米色是与所有颜色适配度都很高的优秀颜色。米色与色调柔和的蓝色搭配组合，营造出整体稳重的氛围，既休闲又利落。

配色比例

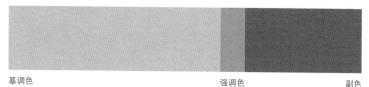

基调色 　　　　　　　　　　　　　　　　　强调色 　　　　　　　副色

手工艺米色		软木色		靛蓝	
C 9	R 211	C 10	R 191	C 57	R 72
M 11	G 204	M 27	G 161	M 25	G 106
Y 19	B 188	Y 46	B 119	Y 12	B 131
K 16		K 25		K 48	
#d3ccbc		#bfa177		#486a83	

配色比例

基调色　　　　　　　　　　强调色　　副色

配色比例

基调色　　　　　　　　　　强调色　　　副色

应用模板

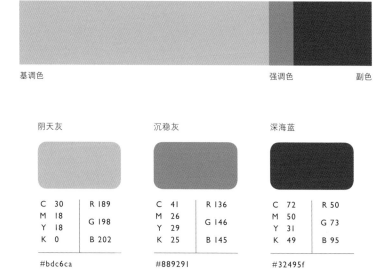

炫酷

这是加入了青色的灰色系配色，营造出诚实、知性、高雅、稳重的印象。

配色比例

基调色 　　　　　　　　　　　　　　强调色　　　副色

阴天灰			沉稳灰			深海蓝	
C	30	R 189	C	41	R 136	C	72	R 50
M	18	G 198	M	26	G 146	M	50	G 73
Y	18		Y	29		Y	31	
K	0	B 202	K	25	B 145	K	49	B 95

#bdc6ca　　　　　　#889291　　　　　　#32495f

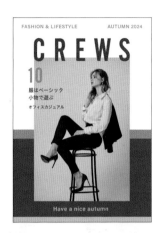

配色比例

配色比例

基调色　　　　　　强调色　　　　副色　　　　　　基调色　　　　　　　　强调色　　副色

应用模板

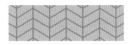

| # 洒脱灰调法式风

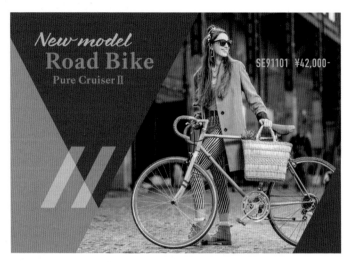

浅红色与粉色、蓝色组合搭配，在体现出复古感的同时，还给人留下法式酷帅的印象。

配色比例

基调色	强调色	副色

松弛蓝

C	84	R	38
M	71	G	55
Y	28		
K	41	B	95

#26375f

怀旧粉

C	7	R	221
M	26	G	190
Y	14		
K	10	B	191

#ddbebf

复古红

C	0	R	216
M	57	G	125
Y	56		
K	15	B	92

#d87d5c

配色比例

基调色 　　　　　　　　　　　　　　　　　强调色　　副色

配色比例

基调色 　　　　　　　　　　　　　　强调色　　　　　副色

应用模板

珊瑚蓝营造诚信感

青色的同色系配色能够体现出诚实感,非常适合商业场景。用珊瑚蓝作为强调色,增添了随性的时尚感。

配色比例

基调色   强调色   副色

西装蓝

C 50	R 115
M 26	G 139
Y 26	B 147
K 26	

#738b93

珊瑚蓝

C 63	R 82
M 0	G 190
Y 25	B 198
K 0	

#52bec6

柔和蓝

C 12	R 225
M 2	G 237
Y 0	B 246
K 4	

#e1edf6

配色比例

配色比例

| 基调色 | 强调色 | 副色 |

| 基调色 | 强调色 | 副色 |

应用模板

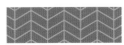

洁净02 | 营造信赖感的利落色系

让人联想到自然的绿色与蓝色非常适合想要传递洁净感与诚实感的场景。

配色比例

基调色   强调色   副色

智能玻璃绿		浅蜡笔绿		静雅蓝	
C 31	R 190	C 8	R 238	C 50	R 139
M 2	G 217	M 0	G 246	M 34	G 157
Y 56	B 138	Y 7	B 241	Y 0	B 208
K 0		K 1		K 0	
#bed98a		#eef6f1		#8b9dd0	

配色比例

基调色　　　　　　　　　强调色　　　　　副色

配色比例

基调色　　　　　　　　　强调色　　　　　副色

应用模板

| # 未来的深夜

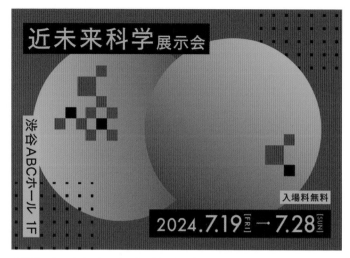

这是用于表现未来、夜晚的配色。使用鲜艳浓重的颜色使整体风格更加紧凑，与酷炫的渐变设计非常搭配。

配色比例

基调色   强调色   副色

影子蓝

C 80	R 72
M 73	G 78
Y 0	B 159
K 0	

#484e9f

黑蓝

C 100	R 0
M 85	G 12
Y 16	B 66
K 66	

#000c42

闪耀祖母绿

C 67	R 76
M 0	G 182
Y 65	B 121
K 0	

#4cb679

配色比例

配色比例

基调色　　　　　　　　　强调色　副色

基调色　　　　　　　　　强调色　　　　副色

应用模板

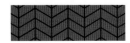

| # 下一代的电子空间

使用犹如照射到黑暗中的一缕光般的黄色作为强调色，这是具有时尚、电子感的配色。

配色比例

基调色　　　　　　　　　　　　　　　　强调色　　　　　　　副色

暗绿				韵律黄				科技绿		
C	100	R	0	C	6	R	246	C	100	R 0
M	55	G	44	M	4	G	237	M	41	G 104
Y	65	B	44	Y	49	B	153	Y	61	B 101
K	66			K	0			K	15	

#002c2c　　　　　　　　#f6ed99　　　　　　　　#006865

配色比例

基调色　　　　　　　　　　　　强调色　　副色

配色比例

基调色　　　　　　　　　　强调色　　　　副色

应用模板

| # 高雅未来粉

低饱和度的粉色与灰色组合搭配，营造出中性、前卫的氛围。使用沉稳的深蓝色使整体更加紧凑。

配色比例

基调色　　　　　　　　　　　　　　　　强调色　　　　　　副色

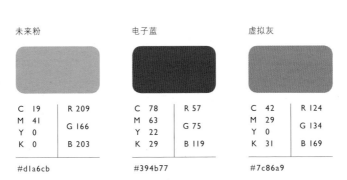

未来粉		电子蓝		虚拟灰	
C 19	R 209	C 78	R 57	C 42	R 124
M 41	G 166	M 63	G 75	M 29	G 134
Y 0	B 203	Y 22	B 119	Y 0	B 169
K 0		K 29		K 31	
#d1a6cb		#394b77		#7c86a9	

配色比例

基调色　　　　　　　　　　　强调色　　副色

配色比例

基调色　　　　　　　　　　　强调色　　　　　　副色

商务01 | 热情能量感

在想要表达情感时，热情的红色非常适合。加入灰色使整体更加紧凑，这也是一个设计要点。

配色比例

基调色   强调色   副色

拼搏红		酷炫灰		能量黄	
C 15	R 208	C 5	R 153	C 9	R 238
M 100	G 17	M 0	G 157	M 17	G 207
Y 93	B 35	Y 6	B 153	Y 100	B 0
K 0		K 50		K 0	
#d01123		#999d99		#eecf00	

配色比例

基调色　　　　　　　　　强调色　　　　　　副色

配色比例

基调色　　　　　　　　　强调色　　　　　　副色

应用模板

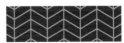

舒适利落感

这是既休闲又能感受到认真的配色。在沉稳的配色中加入正能量的橙色，使整体变得更明亮，更张弛有度。

配色比例

基调色　　　　　　　　　　　　　强调色　　　　副色

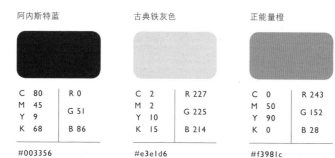

阿内斯特蓝		古典铁灰色		正能量橙	
C 80	R 0	C 2	R 227	C 0	R 243
M 45	G 51	M 2	G 225	M 50	G 152
Y 9	B 86	Y 10	B 214	Y 90	B 28
K 68		K 15		K 0	
#003356		#e3e1d6		#f3981c	

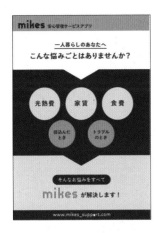

配色比例

基调色　　　　　　　　强调色　　　　　　　副色　　　　　　基调色　　　　　　　　强调色　　　　　　　副色

应用模板

这是商务场合的常规配色，搭配黄色能降低蓝色的饱和度，可以增加信赖感。
点缀上让人眼前一亮的黄色，使整体更加张弛有度。

配色比例

基调色   强调色   副色

诚实蓝		亮蓝		闪光黄	
C 85	R 0	C 6	R 182	C 0	R 250
M 48	G 95	M 0	G 188	M 6	G 226
Y 10	B 148	Y 0	B 191	Y 93	B 0
K 24		K 35		K 5	
#005f94		#b6bcbf		#fae200	

配色比例

| 基调色 | 强调色 | 副色 |

配色比例

| 基调色 | 强调色 | 副色 |

应用模板

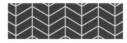

色彩索引

将本书中的色彩，
按粉色系，红色系，橙色系，黄色系，米、棕、
金色系，绿色系，蓝色系，紫色系，白、灰、黑色系进行了分类。
按CMYK百分数值从低至高排列。

粉色系

38色

P.096 蕾丝粉	P.106 梦幻粉	P.122 兴奋粉	P.112 迷人粉
P.126 浅胡桃	P.130 云粉色	P.032 胭脂粉	P.116 粉红蛋白石
P.104 蜜糖粉	P.138 棉花糖粉		
P.060 果冻婴儿粉	P.082 奢华粉	P.046 仙女粉	P.150 甜蜜婴儿粉
P.108 石英粉	P.098 快乐粉		
P.154 朦胧珊瑚粉	P.050 幸福粉	P.128 热情粉	P.018 日常粉
P.020 花粉色	P.146 花香粉		
P.156 神秘粉	P.192 怀旧粉	P.202 未来粉	P.112 火烈鸟粉
P.104 浪漫粉	P.122 婴儿粉		

P.140
心动粉

P.126
李子粉

P.150
草莓慕斯粉

P.108
灰粉色

P.040
珊瑚花色

P.118
柔和粉

P.060
玩具粉

P.056
艳丽粉

P.074
灰杏色

P.046
野山莓粉

红色系

12色

P.054
橙红

P.050
大丁草花色

P.192
复古红

P.142
喜剧红

P.184
中国红

P.162
绅士红

P.090
绯红色

P.134
衰落红

P.204
拼搏红

P.166
日式红

P.160
红叶色

P.078
复古波尔多红

橙色系

11色

P.100
甜蜜柑橘橙

P.058
金盏菊橙

P.154
热情橙

P.114
动感橙

P.068
灯笼橙

P.172
亚麻柑橘橙

P.158
金盏花橙

P.206
正能量橙

P.062
灯光橙

P.034
阳光香橙

P.160
枫叶色

黄色系

23色

P.114
淡黄

P.058
米黄

P.148
春日黄

P.052
奶昔黄

P.178
环保黄

P.098
鸡蛋黄

P.200
韵律黄

P.120
月亮黄

P.140
心形符号黄

P.044
欢快黄

P.138
柠檬汽水黄

P.182
淡日光黄

P.070
灯光黄

P.152
柠檬黄

P.054
动感黄

P.208
闪光黄

P.142
游戏黄

P.026
亚光芥末黄

P.066
啤酒黄

P.180
清新黄

P.204
能量黄

P.064
约克黄

P.042
日光黄

米、棕、金色系

45色

P.018
自然洋甘菊

P.118
奶油甜点

P.100
曲奇米色

P.036
棉花米色

P.020
松弛奶油色

P.146
淡奶油色

P.040
柔和米色

P.080
浅咖墙纸色

P.030
植物米色

P.042
椰子米色

P.132
复古象牙色

P.022
疗愈米色

P.074
裸米色

P.162
自然奶油色

P.184
砂茶色

P.078
皮革米色

P.158
素雅驼色

P.188
手工艺米色

P.160
米黄色

P.096
赤陶米色

P.068
田野灵魂

P.174
浅咖啡色

P.084
日系米色

P.134
复古米色

P.136
古书色

P.076
摩登米色

P.090
黑灰杜鹃色

P.164
亮金色

P.166
烤茶色

P.026
拿铁米色

P.030
灵魂金色

P.188
软木色

P.082
柔和金

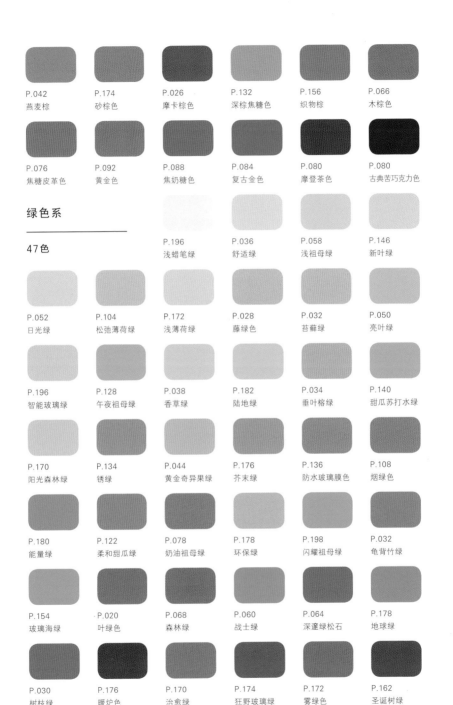

P.042
燕麦棕

P.174
砂棕色

P.026
摩卡棕色

P.132
深棕焦糖色

P.156
织物棕

P.066
木棕色

P.076
焦糖皮革色

P.092
黄金色

P.088
焦奶糖色

P.084
复古金色

P.080
摩登茶色

P.080
古典苦巧克力色

绿色系

47色

P.196
浅蜡笔绿

P.036
舒适绿

P.058
浅祖母绿

P.146
新叶绿

P.052
日光绿

P.104
松弛薄荷绿

P.172
浅薄荷绿

P.028
藤绿色

P.032
苔藓绿

P.050
亮叶绿

P.196
智能玻璃绿

P.128
午夜祖母绿

P.038
香草绿

P.182
陆地绿

P.034
垂叶榕绿

P.140
甜瓜苏打水绿

P.170
阳光森林绿

P.134
锈绿

P.044
黄金奇异果绿

P.176
芥末绿

P.136
防水玻璃膜色

P.108
烟绿色

P.180
能量绿

P.122
柔和甜瓜绿

P.078
奶油祖母绿

P.178
环保绿

P.198
闪耀祖母绿

P.032
龟背竹绿

P.154
玻璃海绿

P.020
叶绿色

P.068
森林绿

P.060
战士绿

P.064
深邃绿松石

P.178
地球绿

P.030
树枝绿

P.176
暖炉色

P.170
治愈绿

P.174
狂野玻璃绿

P.172
雾绿色

P.162
圣诞树绿

P.156
深树枝色

P.176
天鹅绒绿

P.034
白鹤芋绿

P.076
幕布绿

P.170
浓绿

P.200
科技绿

P.200
暗绿

蓝色系

44色

P.194
柔和蓝

P.150
辛德瑞拉蓝

P.148
清风蓝

P.152
牛奶蓝

P.142
苏打水蓝

P.096
沙冰蓝

P.114
清澈天空

P.208
亮蓝

P.110
冰岛蓝

P.024
自由蓝

P.054
跑步蓝

P.152
云朵蓝

P.102
黎明蓝

P.182
地球蓝

P.036
清晨蓝

P.052
清澈蓝

P.022
清新蓝

P.196
静雅蓝

P.194
珊瑚蓝

P.112
薄雾蓝

P.116
梦幻蓝

P.118
慵懒蓝

P.138
幻觉蓝

P.056
鱼缸蓝

P.164
圣洁蓝

P.126
城市蓝

P.194
西装蓝

P.120
天竺葵蓝

P.062
行星蓝

P.188
靛蓝

P.184
东方蓝

P.024
海蓝

P.198
影子蓝

P.208
诚实蓝

P.066
湖蓝

P.062
午夜蓝

P.202
电子蓝

P.190
深海蓝

P.206
阿内斯特蓝

P.092
富士蓝

P.192
松弛蓝

P.082
正式蓝

P.198
黑蓝

P.084
意大利亚蓝

紫色系

18色

P.098
浅丁香紫

P.106
浪漫月色紫

P.148
柔和丁香紫

P.102
梦幻紫

P.100
甜薯紫

P.038
自然紫

P.106
天使紫

P.130
日落紫

P.070
暗夜紫藤

P.018
香薰紫

P.086
大丽花紫

P.128
霓虹紫

P.158
枯玫瑰紫

P.038
薰衣草紫

P.130
纯情紫

P.136
水菖蒲紫

P.046
莓紫

P.086
魅力紫

白、灰、黑色系

29色

P.022
蓝白

P.056
白云白

P.180
火山灰

P.110
烟灰

P.044
亮白

P.116
奶油白

P.088
丝绸白

P.102
奶昔白

P.164
静雅灰

P.024
浅云灰

P.028
亮灰

P.206
古典铁灰色

P.166
表皮白

P.070
残土灰

P.092
瓷白

P.064
休闲灰

P.040
机械灰

P.120
冷灰

P.204
酷炫灰

P.110
石棉瓦灰

P.190
阴天灰

P.086
浅灰

P.074
暖灰

P.202
虚拟灰

P.028
亚灰

P.190
沉稳灰

P.090
乌黑

P.132
古董灰

P.088
暗黑鸡尾酒

MITE WAKARU MAYOWAZU KIMARU HAISHOKU IDEA

3 SHOKU DAKE DE SENSE NO II IRO PART2

©2022 ingectar-e

Copyright Japanese edition published in 2022 by Impress Corporation

This Simplified Chinese edition is published by arrangement with Impress Corporation,

Tokyo in care of Ruihang Cultural Exchange Agency (Dalian)

©2024 辽宁科学技术出版社

著作权合同登记号：第06-2023-239号。

版权所有·翻印必究

图书在版编目（CIP）数据

配色辞典：3种颜色就好看 / 日本ingectar-e著；
朱悦玮译. — 沈阳：辽宁科学技术出版社，2024.5

ISBN 978-7-5591-3474-5

Ⅰ.①配… Ⅱ.①日… ②朱… Ⅲ.①配色—手册
Ⅳ.①J063-62

中国国家版本馆 CIP 数据核字 (2024) 第 052124 号

出版发行：辽宁科学技术出版社
　　　　　（地址：沈阳市和平区十一纬路 25 号　邮编：110003）
印　刷　者：凸版艺彩（东莞）印刷有限公司
经　销　者：各地新华书店
幅面尺寸：145mm×210mm
印　　张：6.75
字　　数：80 千字
出版时间：2024 年 5 月第 1 版
印刷时间：2024 年 5 月第 1 次印刷
责任编辑：张歌燕
装帧设计：袁　舒
责任校对：韩欣桐

书　　号：ISBN 978-7-5591-3474-5
定　　价：79.80 元

联系电话：024-23284354
邮购热线：024-23284502
E-mail:geyan_zhang@163.com